おかえりなさい

七上タヒ　Nanagami Tahi
昭和55年生まれ東京出身.
20歳の時に『へその緒で首を吊る胎児』として本作の初稿を幾つかの出版社に持ち込むが断られ、リトルモアへ。それから時間をかけ慎重に改訂を行い現在の形に至る。今回が第一作目となる。
ただいま第二作目を執筆中。

2005年2月25日　第一刷発行
著者　七上タヒ

発行者　孫家邦
発行所　株式会社リトルモア
〒151-0051　東京都渋谷区千駄ケ谷3-56-6
TEL03-3401-1042　FAX03-3401-1052
印刷・製本　図書印刷株式会社
ISBN4-89815-144-2 C0093
定価はカバーに表示してあります。

あるところに私がいました

私は全てのことに興味を示しました

もう一人の私は全てのことに興味を示しませんでした

私は何でも食べるので健康でした

もう一人の私は何も食べないので病気でした

しばらくすると私は死に興味を示しました

もうしばらくすると私は死を食べたくなりました

けれども私は知っていました

死んだものには
死んだことなど分からないので
死んでいることはできません

だから私は考えました

殺されたものには
殺されたことなど分からないので
殺してもいいのかもしれません

私はもう一人の私に言いました

貴方の死は
貴方には分からないのだから
貴方を殺してもいいですか

もう一人の私は言いました

気づいた時には
すでにあったものを
そのままにしていたら
生きている　と言われた

私には分かりました

ただ生きているだけで
許される時代です

堪えられる
それが何より辛いのです

私はもう一人の私を殺しました

私はここを去ることにしました

しばらくすると裁く人に会いました

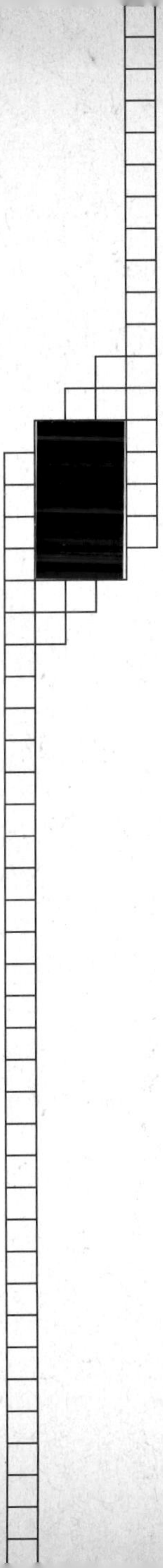

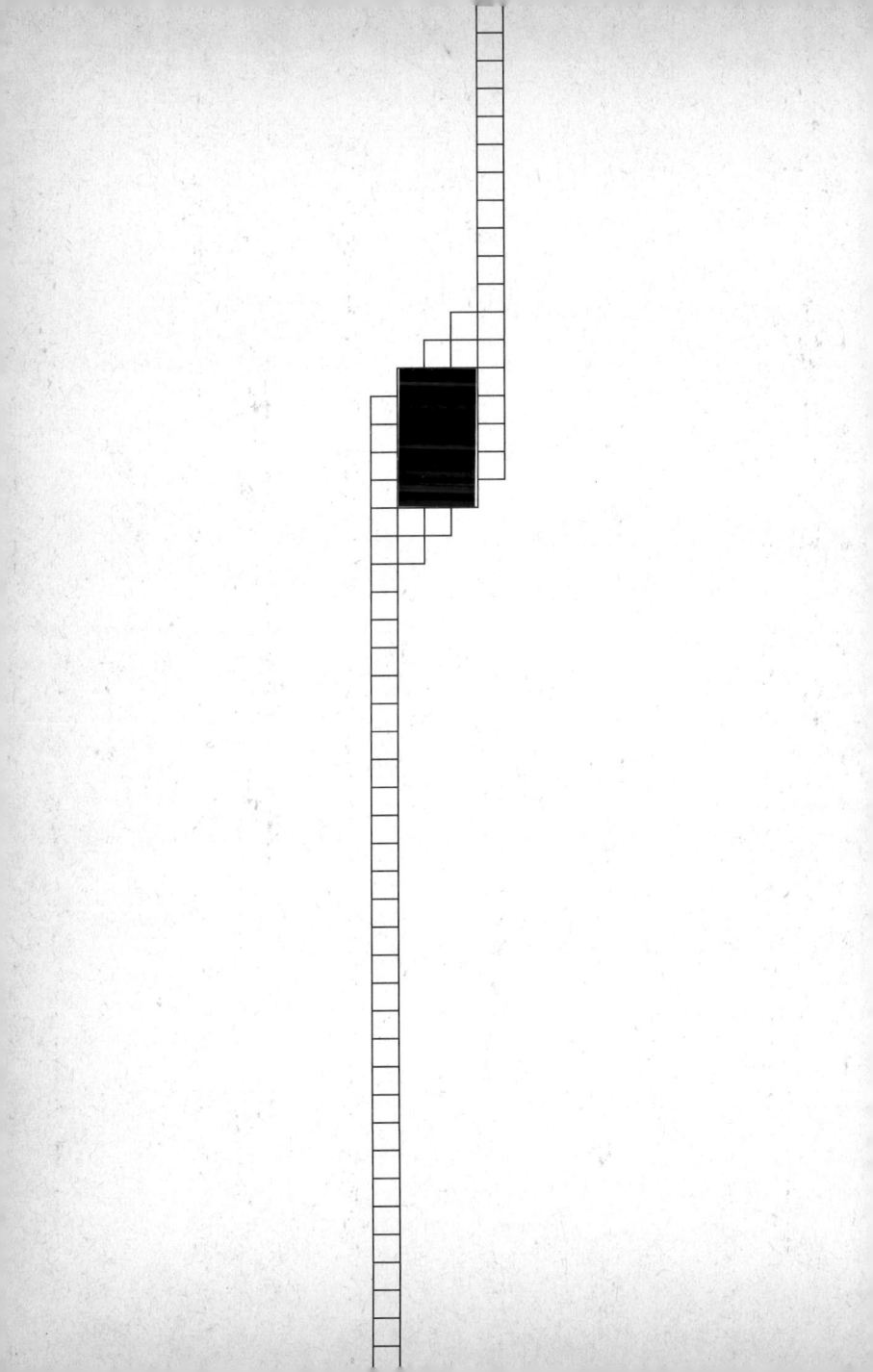

裁く人は言いました

殺してはいけません
人を殺してはいけません

人を殺した人は殺してもいいです

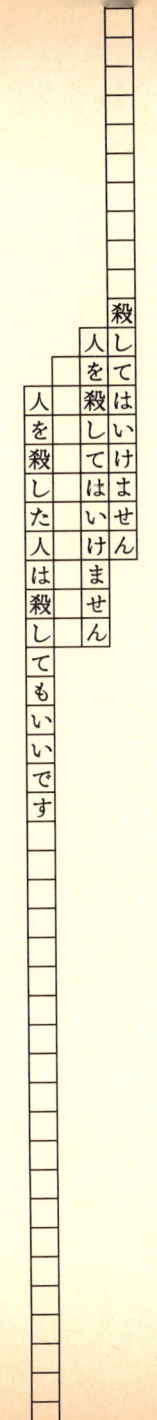

私には分かりました

新世界でもう一度
殺人は最大の防御

私は裁く人を殺しました

私はここを去ることにしました

生まれてきたことさえなければ
人を殺すことはなかった

しばらくすると偉い人に会いました

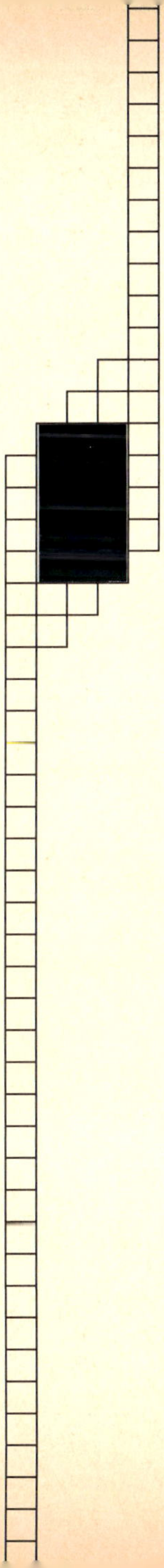

偉い人は言いました

ここからここまで人間です
人でなければ殺せます
人以下だから平気です

人であっても平気です
人以下にして殺せます
ここからここまで人間です

できないことはありません
早く誉めてください

私には分かりました

誰でもできる

正しい人の殺し方

正しい命の遊び方

私は偉い人を殺しました

私はここを去ることにしました

砕けたことすら気づけぬ石を割り
摘まれたことすら気づけぬ花を折り
死んだことすら気づけぬ人を殺す

全てが
手を伸ばせば殺せる距離にある

しばらくすると鈍い人に会いました

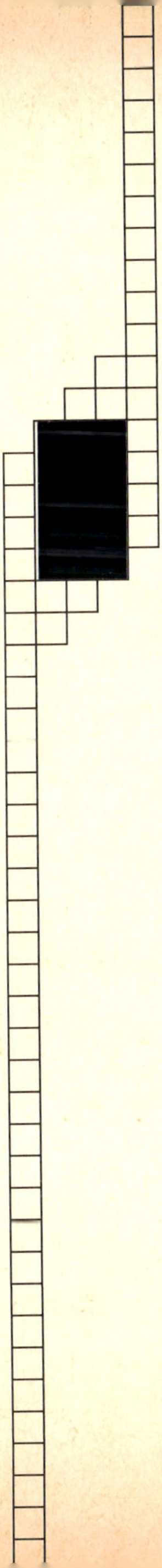

鈍い人は言いました

ここには千人いる
一人死んだっていいじゃないか
一人より九百九十九人の方が大事さ

ここには百人いる
一人死んだっていいじゃないか
一人より九十九人の方が大事さ

ここには十人いる
一人死んだっていいじゃないか
一人より九人の方が大事さ

ここには一人いる
一人死んだっていいじゃないか
さあ誰を犠牲にしようか

私には分かりました

空も太陽も人も
私の前では同じ様に現れる

彼らを人と呼ぶならば
私は人ではないはずだ

私は鈍い人を殺しました

私はここを去ることにしました

死者の数
無しなら無しで
また哀し
増えるのもよし
増えるのもよし

しばらくすると選ぶ人に会いました

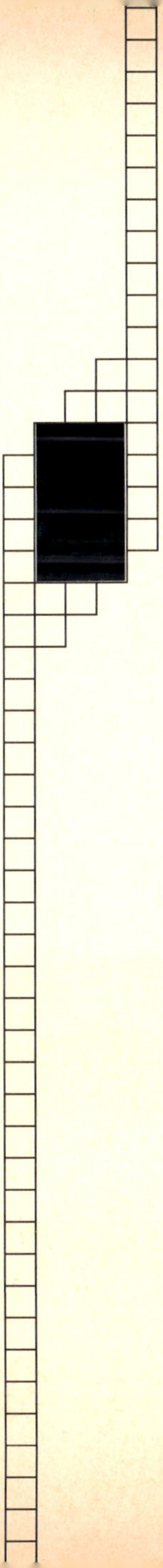

選ぶ人は言いました

大小で判断することはありません
優劣で判断することはありません
善悪で判断することはありません

好きか嫌いかで選びます

好きな一人と嫌いな人々なら
好きな一人を救います

好きな動物と嫌いな人間なら
好きな動物を救います

好きな悪人と嫌いな善人なら
好きな悪人を救います

私には分かりました

好きなものに
たまたま命があったので
勘違い

私は選ぶ人を殺しました

私はここを去ることにしました

同じ仲間が欲しいなら
互いに売春すればいい
同じ言葉で交わって
互いに等しくなればいい
しかしどうにも馬鹿馬鹿しい
生の死体を見た帰り
墓を掘っても骨ばかり
代わりに誰か埋めようか

しばらくすると幸せな人に会いました

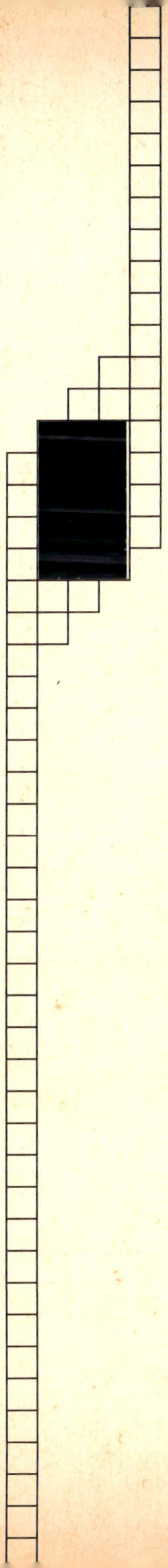

幸せな人は言いました

どうでもいいものばかりです

西に沈んだ太陽の行方も
裏の裏が表でなくても
そんなことは気にしません

いつも通り眠りましょう

どこか遠くの始まりは
やはり遠くで終わるから
そんなことには構いません

いつも通り目覚めましょう

これまで集めた歓びを
せめて奪われないように
人間らしく暮らしましょう

私には分かりました

よく食べ
よく笑い
よく眠り

よく殺し
よく殺し
よく殺し
どうか生き返りませんように

私は幸せな人を殺しました

私はここを去ることにしました

あらゆる差別でもって
あらゆる囲いをもうけ
あらゆる平等をつくろう

どこまでも増えて
どこまでも広がり
どこまでも様々になろう

全てにおける一つ一つ

しばらくすると信じる人に会いました

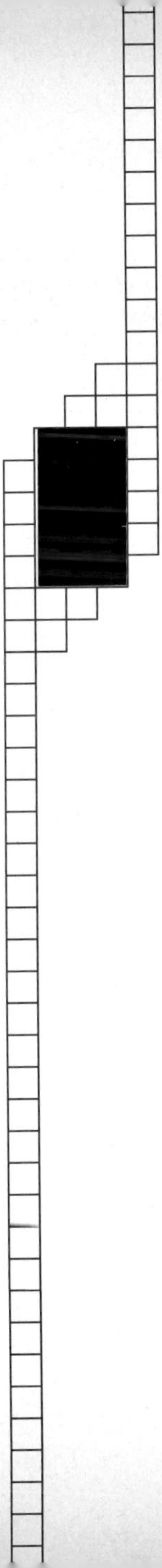

信じる人は言いました

死
まだ死にたくありません
死
ここがいらなくなるなんて
死
信じることができません
死
恐いのです
死
今がいなくなるなんて
死
信じることができません
死
とても恐いのです
死
だから死なんてありません
死
世界に死なんてありません
生き続けます
ここではないどこかで

私には分かりました

私の死でも
持ちこたえたなら

世界
お前は絶対だ

私は信じる人を殺しました

私はここを去ることにしました

殺してもいいですか
貴方を殺してもいいですか

嫌ですか
何が嫌なのですか

分かりました
殺される時に痛そうなのが
いけなかったのですね

それなら優しくしますから
殺してもいいですか

嫌ですか
何が嫌なのですか

分かりました
殺されるところが見えるのが
いけなかったのですね

それなら寝ている間にしますから
殺してもいいですか

嫌ですか
何が嫌なのですか

分かりました
まだ何かやりたいことがあるのが
いけなかったのですね

そうですか
そこまで言われるのなら
仕方ありません

今度は
何の予告もせずに
いきなり貴方を殺します

一人殺しました
二人殺しました
沢山殺しました

生む人は言いました

そして最後に生む人に会いました

一人死にました
二人死にました
沢山死にました

生まれました死にました

私以前

私以内

私以後

私には分かりません

生まれました死にました

生まれました死にました

何もかもがただ乗りしている
一人乗りの世界です

心の中に浮かんできたものを
綺麗な標本にすることしかできません

そして生む人は殺してもいないのに死にました

私はここを去ることにしました

しばらくしても誰もいません

もうしばらくしても誰もいません

私は死んだのかもしれません

しかし私が死ぬことはありません

私の死は私には分かりません

私の死は誰にも分かりません

私だけ別のところにいます

私はここにはいません

私には分かりました

私が生まれたばかりの時
世界も生まれたばかりだった

共に産声を上げ
共に乳を飲み
共に歩き始めた

同い年の二人も
今ではすっかり
違う有り様だから

私が死んだばかりの時
世界も死んだばかりには
なれないかもしれません

世界は私なしではいられないくせに